Te $\frac{66}{74}$

OBSERVATIONS

STATISTIQUES

SUR LES ALIÉNÉS

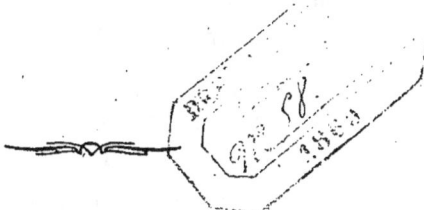

PAR

LE DOCTEUR JULES GIRAUD

Directeur de l'Asile de Maréville,
Membre de la Société de Médecine de Nancy,
Correspondant de la Société impériale de Médecine de Marseille,
Chevalier de la Légion d'honneur.

NANCY

IMPRIMERIE DE Vᵉ RAYBOIS
Rue du faubourg Stanislas, 3

—

1868

OBSERVATIONS STATISTIQUES

SUR LES ALIÉNÉS

TRAITÉS A MARÉVILLE EN 1866.

Depuis 30 ans le nombre des aliénés admis dans les Asiles publics s'est considérablement accru et on a attribué cet accroissement à une aggravation incessante des causes qui dans l'état actuel de la société produisent la folie. Une observation attentive démontre que cette opinion est trop absolue.

Depuis que la loi du 30 juin 1838 a obligé chaque département à donner l'assistance à ses aliénés indigents, les Asiles ont été agrandis, multipliés, et le nombre des aliénés séquestrés s'est élevé de 12,000 à 32,000.

Cette progression peut paraître inquiétante quand on ne considère que l'énormité du chiffre final sans examiner en détail les éléments dont le total se compose.

D'abord la population de la France, qui en 1838 n'était que de 33,540,910 habitants, est maintenant, d'après le recensement de 1866, de 38,067,044 habitants. C'est une différence de 4,526,184 habitants en plus.

Ensuite l'augmentation des aliénés séquestrés a porté dans une proportion notable sur les idiots, les faibles d'esprit, les crétins, les épileptiques, que l'on laissait autrefois en liberté au détriment de l'ordre public et à leur propre détriment. Il faut observer encore que ces êtres dégénérés, une fois pourvus d'une tutelle efficace qui pense et prévoit pour eux, deviennent très-vivaces et occasionneront pendant de longues années encore un sérieux encombrement.

Cependant il faut le reconnaître, l'encombrement des Asiles ne tient pas à cette unique cause. Une forme nouvelle de folie, la folie dite paralytique, coïncidant avec le ramollissement des centres nerveux, est devenue beaucoup plus fréquente de notre temps qu'il y a 30 ans.

Mais d'un autre côté, si les séquestrations se sont multipliées, le nombre des aliénés laissés autrefois à domicile a diminué dans une proportion correspondante. Aussi remarque-t-on déjà un temps d'arrêt marqué dans les admissions. Ainsi, à Maréville, le nombre total des aliénés traités en 1865, qui était de 1,790 (910 hommes et 880 femmes) a été ramené en 1866 à 1,761 (881 hommes et 880 femmes).

Des résultats analogues ont été observés ailleurs. Cette diminution graduelle est la preuve évidente que l'augmentation si rapide des admissions était plutôt la liquidation d'une dette de bienfaisance que l'invasion d'une calamité nouvelle.

MEURTHE.

Les aliénés du département de la Meurthe, traités à l'Asile de Maréville en 1866, ont atteint le chiffre de 559; 451 étaient présents au premier janvier et 108 ont été admis dans le cours de l'année.

Parmi ces 559 aliénés, 444 devaient le bienfait d'un traitement à la sollicitude de l'autorité publique.

Les 444 aliénés secourus aux frais du budget départemental comprenaient 194 hommes et 250 femmes.

Le nombre des femmes aliénées placées au compte du département de la Meurthe, prédomine donc en ce moment d'une manière notable et cependant il résulte de nos recherches dans les archives de l'Asile que du 1er janvier 1840 au 31 décembre 1866, sur 1508 admissions on trouve 787 hommes et 721 femmes.

Si le résultat final est en opposition avec les éléments primitifs, cette différence provient de ce que la mortalité a été comparativement beaucoup plus considérable chez les hommes.

Cette revue rétrospective qui embrasse une période de 27 ans nous a donné encore l'occasion de constater le fait suivant : à savoir, que la moyenne

annuelle des admissions à la charge du département
a été de 37 dans la période décennale comprise entre
1840 et 1850 et de 67 dans la période de 1850 à
1867.

En 1866, sur 82 aliénés admis en vertu d'arrêtés
préfectoraux, nous avons noté 60 cas nouveaux por-
tant sur 26 hommes et 34 femmes, 6 (2 hommes
et 4 femmes) étaient des rechutes, 7 (3 hommes et
4 femmes) étaient des réintégrations par suite de
sortie avant guérison, 9 (5 hommes et 4 femmes)
provenaient d'un transférement d'un autre asile
après détermination du domicile de secours.

En relevant sur les registres de Maréville le nombre des aliénés à la charge du département de la
Meurthe, admis pendant les 30 ans qui ont précédé
la loi du 30 juin 1838 et le nombre de ceux admis
dans le laps de temps à peu près égal qui s'est écoulé
depuis la promulgation de cette loi, on trouve un
tel écart entre les chiffres de ces deux périodes qu'il
est évident que la progression de dépense de ce service est bien plutôt le résultat d'une plus large assistance donnée aux aliénés, surtout à ceux réputés
inoffensifs, que le fait d'une recrudescence réelle
d'une affection dont les causes générales n'ont pas
sensiblement varié depuis 25 ans.

Aliénés placés à Maréville au compte du département de la
Meurthe antérieurement à la loi du 30 juin 1838.

	hommes	femmes	Tota
Du 1er janvier 1810 au 31 décembre 1819	158	163	321
— 1820 — 1829	143	148	291
— 1830 — 1839	155	131	286
Totaux.....	456	442	898

Aliénés placés à Maréville au compte du département de la
Meurthe depuis la loi du 30 juin 1838.

	hommes	femmes	Total
Du 1er janvier 1840 au 31 décembre 1849	249	169	369
— 1850 — 1859	316	291	607
— 1860 — 1866	271	261	532
Totaux.....	787	721	1508

Depuis que la loi a rendu obligatoire l'assistance
aux personnes dépourvues de fortune que le trouble
de leur intelligence rendait dangereuses pour l'ordre
public et la sûreté des personnes ou que des facultés
complétement oblitérées et même simplement débi-
les mettaient dans l'impossibilité de pourvoir à leur
subsistance, tous les asiles ont été momentanément
encombrés. Un examen attentif autorise donc à dire
que l'encombrement qui s'est produit de 1850 à
1860 est tout autant le résultat de l'exécution d'une
loi d'ordre public et d'humanité que l'aggravation
des causes physiologiques qui produisent la folie. Il
y a donc lieu d'espérer que les craintes que cet en-

combrement avait fait naître ne tarderont pas à se dissiper, s'il est démontré qu'après l'entrée de tous les invalides de l'intelligence, un temps d'arrêt assez marqué se manifeste aujourd'hui dans les demandes d'admission. Ainsi pour les départements qui composent la circonscription de Maréville, correspondant à environ 2 millions d'habitants, les admissions ne se sont élevées qu'au chiffre de 248 pour l'année 1866 tandis qu'elles avaient atteint le nombre de 274 en 1865 et de 308 en 1864.

La comparaison des admissions des trois dernières années présente un ralentissement qui a été observé presque partout et la statistique générale publiée par le gouvernement constate que la proportion d'accroissement, après s'être élevée à 7.94 p. 100 en 1839, date de la mise en exécution de la loi du 30 juin 1838, est successivement descendue à 3.83 et même à 2 p. 100.

L'accroissement des admissions de 1850 à 1860 s'explique aussi par d'autres considérations que le progrès du mal. A savoir l'affaiblissement de l'opinion généralement répandue autrefois que la folie était incurable, la modicité du prix de pension mise en regard des frais et des difficultés de tout genre qu'entraîne la garde et l'entretien d'un aliéné à domicile, enfin la rapidité des moyens de communication. Ici encore le dépouillement des archives de Maréville vient confirmer ces considérations et les admissions de pensionnaires prouvent d'une manière plus directe encore que l'accroissemént des aliénés dans les asiles a coincidé avec la réforme inaugurée par la loi du 30 juin 1838. Les asiles ont reçu un plus grand nombre de pensionnaires depuis que des constructions appropriées à toutes les indications d'un traitement rationnel ont dissipé d'anciens préjugés, depuis qu'un service médical a été organisé en vue de ce traitement, et depuis que l'administration s'est appliquée à faire disparaître tout ce que ces établissements avaient autrefois de triste et d'insalubre.

Aliénés pensionnaires admis à l'Asile de Maréville antérieurement à la loi du 30 juin 1838.

	hommes	femmes	Total
Du 1ᵉʳ janvier 1813 au 31 décembre 1819	28	14	42
— 1820 — 1829	10	12	22
— 1830 — 1839	47	15	62
Totaux.....	85	41	126

Aliénés pensionnaires admis à l'Asile de Maréville depuis la loi du 30 juin 1838.

	hommes	femmes	Total
Du 1ᵉʳ janvier 1840 au 31 décembre 1849	101	58	159
— 1850 — 1859	125	75	200
— 1860 — 1866	131	66	197
Totaux.....	357	199	556

Nous avons vu que les aliénés de la Meurthe traités à Maréville en 1866 s'étaient élevés au chiffre de

559. En rapprochant ce nombre de la population du département nous trouvons le rapport de 1 aliéné sur 766 habitants.

La moyenne générale des aliénés en France s'appliquant à la population totale de l'Empire étant de 1 aliéné sur 1,255 habitants, il en résulte que le département de la Meurtbe est un de ceux qui dépassent d'une manière notable cette moyenne. Ce qui démontre simplement que le département de la Meurthe doit être mis au rang de ceux où la loi du 30 juin 1838 s'exécute de la manière la plus large.

Toutes les parties de ce département n'ont pas concouru d'une manière uniforme à la formation du chiffre des 559 aliénés traités à Maréville en 1866.

On remarque d'abord une inégalité de répartition entre les arrondissements.

L'arrondissement de Sarrebourg a fourni 1 aliéné sur 1060 habitants.
—	de Toul	—	1016	—
—	de Lunéville	—	970	—
—	de Château-Salins	—	905	—
—	de Nancy	—	540	—

Nous voyons ensuite que dans chaque arrondissement un nombre restreint de commnnes a participé à la formation du contingent.

Ainsi dans l'arrondissement de Sarrebourg, dont la population est de 71,019 habitants, sur *116 communes 43 seulement* comprenant 38,923 habitants ont fourni 67 aliénés, soit 1 sur 581.

Dans l'arrondissement de Toul dont la population est de 60,967 habitants, sur *119 communes, 40 seulement* comprenant 26,327 habitants ont fourni 60 aliénés, soit 1 sur 488,78.

Dans l'arrondissement de Lunéville dont la population est de 84,393 habitants, sur *145 communes, 36 seulement* comprenant une population de 42,447 habitants ont fourni 87 aliénés soit 1 sur 487,9.

Dans l'arrondissement de Château-Salins dont la population est de 60,626 habitants, sur *147 communes, 40 seulement* comprenant 26,391 habitants ont fourni 67 aliénés soit 1 sur 393,9.

Enfin dans l'arrondissement de Nancy dont la population est de 151,382 habitants, sur *187 communes, 71 seulement* comprenant 105,377 habitants ont fourni 278 aliénés, soit 1 sur 378,7.

En résumé, sur les *714 communes* du département de la Meurthe correspondant à une population de 428,387 habitants, *230 seulement* correspondant à 242,965 habitants ont donné les 559 aliénés traités à Maréville en 1866, soit 1 sur 416,75.

Le tableau suivant traduit en chiffres tous les faits ci-dessus énoncés et permet d'embrasser d'un seul coup d'œil la distribution topographique des aliénés de la Meurthe.

DÉSIGNATION DES ARRONDISSEMENTS.	Population de l'arrondissement.	Nombre de communes.	Nombre de communes qui ont fourni des aliénés.	Population des communes qui ont fourni des aliénés.	ALIÉNÉS			RAPPORT DU NOMBRE D'ALIÉNÉS à la population de l'arrondissement.
					ommes.	femmes.	Total.	
Arrond¹ de Château-Salins..	60626	147	40	26591	38	29	67	1 aliéné sur 905 habitants.
— de Lunéville......	84593	145	36	42447	55	32	87	— 970 —
— de Nancy..	151382	187	71	105877	127	151	278	— 540 —
— de Sarrebourg.....	71019	116	43	38923	30	37	67	— 1060 —
— de Toul	60967	119	40	29527	39	21	60	— 1016 —
Totaux et moyennes.....	428387	714	230	242965	269	290	559	1 aliéné sur 766 habitants.

L'invasion de la folie est en rapport avec le degré de concentration des populations ; ainsi dans la répartition par communes des 559 aliénés de la Meurthe traités à Maréville en 1866, on trouve que 12 villes du département en ont envoyé 237 et que le surplus 322 provenait de 218 communes rurales ; la ville de Nancy seule en avait donné 157 ce qui établit le rapport de 1 aliéné sur 318 habitants.

Toutefois on remarque que l'évolution des troubles de l'intelligence est moins le produit de l'agglomération d'un grand nombre d'habitants sur un point déterminé, que des conditions particulières de cette agglomération. La ville de Dieuze, par exemple, avec une population de 3,104 habitants avait à Maréville en 1866, neuf aliénés, ce qui constitue le rapport de 1 aliéné sur 347 habitants; c'est à peu-près la même proportion que pour Nancy qui a 50,000 habitants.

L'industrie du pays place donc Dieuze dans des conditions spéciales non-seulement sous le rapport du nombre, mais encore sous le rapport des sexes, car sur les 9 aliénés fournis par cette ville, nous comptions 8 hommes et une seule femme. Donc, en thèse générale, si le séjour dans les centres de population est une cause prédisposante incontestable des névroses et des dégénérescences dont le dernier terme est la folie, il y a une distinction importante à faire, savoir : suivant que l'agglomération sera composée d'éléments ordinaires ou d'éléments spéciaux la fréquence de l'invasion de la folie sera proportionnelle ou progressive.

Nous avons vu que les populations urbaines du département de la Meurthe nous avaient donné en 1866, 237 aliénés. Ces 237 aliénés se divisaient en 109 hommes et 128 femmes, et c'est le contingent de la ville de Nancy qui a donné la prédominance numérique au sexe féminin, car sur les 157 aliénés qui en provenaient, nous remarquons 70 hommes et 87 femmes. Ce dernier chiffre corrobore l'observation déjà faite que dans les causes prédisposantes de la folie les grandes agglomérations sont particulièrement fatales aux femmes.

Nous avons constaté en outre que sur les 87 femmes provenant de Nancy, 15 étaient d'origine étrangère et avaient seulement acquis le domicile de secours dans cette ville, que 40 étaient nées dans le département de la Meurthe, et résidaient depuis quelque temps à Nancy au moment de l'invasion du délire et de leur admission et que 32 seulement étaient à la fois nées et domiciliées à Nancy.

Le tableau suivant résume les faits relatifs à l'influence des agglomérations urbaines.

Aliénés originaires des villes du département de la Meurthe.			DÉSIGNATION des VILLES.	Population de ces villes.	RAPPORT du nombre d'aliénés à la population de ces villes.
Hommes	Femmes.	Total.			
3	»	3	Château-Salins	2323	1 aliéné sur 774 habit.
8	1	9	Dieuze	3104	— 547 —
2	3	5	Vic	2480	— 496 —
3	2	5	Baccarat	4763	— 952 —
1	4	5	Blâmont	2287	— 457 —
12	16	28	Lunéville	15184	— 542 —
70	87	157	Nancy	49993	— 318 —
3	4	7	Pont-à-Mousson	7963	— 1137 —
1	1	2	Saint-Nicolas	3868	— 1934 —
»	2	2	Phalsbourg	5564	— 1782 —
3	3	6	Sarrebourg	5030	— 505 —
3	5	8	Toul	7410	— 926 —
109	128	237	Total...	105969	1 aliéné sur 447 habit.

25 Aliénés de la Meurthe (13 hommes et 12 femmes) sont sortis dans le cours de l'année 1866 pour différentes causes. Quelques-uns approchant de leur fin, ont été retirés par des parents qui ont manifesté le désir de leur donner les derniers soins ; d'autres que les rapports médicaux signalaient comme inoffensifs ont été rendus à leurs familles.

Nous avons compté parmi les aliénés de la Meurthe 17 guérisons réparties entre 4 hommes et 13 femmes. Parmi les aliénés guéris, 7 appartenaient à la population primitive et 10 aux admissions de l'année 1866. Ces chiffres prouvent une fois de plus que le traitement est surtout efficace au début, mais ils démontrent aussi que l'ancienneté de la maladie n'est pas toujours une présomption d'incurabilité.

Enfin 40 aliénés de la Meurthe sont décédés à Maréville en 1866.

La mortalité a porté sur 31 hommes et sur 9 femmes. C'est un rapport de 1 sur 9 pour les hommes, de 1 sur 32 pour les femmes et une proportion moyenne de 1 sur 10 pour les deux sexes. Parmi les 31 décès d'hommes, 16 appartenaient à la population primitive et 15 aux admissions de l'année.

Parmi les 9 décès de femmes, 8 appartenaient à la population primitive et une seule aux admissions de l'année.

Outre les sorties, les guérisons et les décès le cadre des statistiques des asiles d'aliénés comprend encore les évasions. Il n'y en a pas eu en 1866 parmi les aliénés du département de la Meurthe. Malgré la liberté dont jouissent nos malades, malgré leurs fréquentes excursions au dehors pour les promenades ou les travaux, le nombre des évasions parmi la population générale de l'établissement diminue chaque année. Ce qui s'explique par l'absence dans le régime intérieur de toute coercition qui puisse pousser les aliénés à s'y soustraire violemment.

La statistique des aliénés des autres départements qui composent la circonscription de Maréville vient à l'appui de toutes les propositions ci-dessus énoncées.

MOSELLE.

En 1866 le département de la Moselle ne nous a envoyé que 27 aliénés indigents.

Le chiffre moyen annuel de cette catégorie d'admissions a été de 53 dans la période décennale de 1852 à 1861, et après s'être élevé jusqu'à 72 en 1862, il n'a cessé de décroître depuis lors.

Le nombre des aliénés a été en rapport avec l'agglomération de la population.

L'arrondissement de Briey a donné 1 aliéné sur 1,152 habitants.

—	de Metz	—	—	843	—
—	de Sarreguemines	—	1,403	—
—	de Thionville	—	1,106	—

Sur les 631 communes de la Moselle, 189 seulement ont participé à la formation d'un effectif journalier moyen de 332 aliénés traités à Maréville.

Parmi ces 332 aliénés, 151 étaient originaires de 18 agglomérations urbaines, et 181 provenaient de 171 communes rurales.

L'agglomération a été particulièrement fatale aux femmes. Metz est un nouvel exemple de cette observation, car sur 107 aliénés qui avaient leur domicile dans cette ville, nous avons remarqué 73 femmes et 34 hommes.

Le rapport du nombre d'aliénés avec la population de ce département est de 1 sur 1,066 habitants.

Distribution topographique des Aliénés de la Moselle.

ARRONDISSEMENTS.	Population par arrondisse-ment.	Nombre des communes de l'arrondis-sement.	Nombre des communes qui ont fourni des Aliénés.	Population des communes qui ont fourni des Aliénés.	ALIÉNÉS.			RAPPORT du NOMBRE DES ALIÉNÉS à la population de l'arrondissement.
					Hommes.	Femmes.	Total.	
Briey..........	64511	151	39	26943	51	24	55	1 aliéné sur 1152 habitants.
Metz..........	165179	225	58	100245	71	125	196	1 id. 845 id.
Sarreguemines....	131876	156	55	65829	52	41	93	1 id. 1403 id.
Thionville.......	90591	119	39	43287	41	39	80	1 id. 1106 id.
Totaux et moyennes.	452157	651	189	236304	195	229	424	1 aliéné sur 1066 habitants.

ALIÉNÉS originaires des villes du département de la Moselle.			DÉSIGNATION des VILLES.	POPULATION des villes.	RAPPORT du nombre des Aliénés à la population de ces villes.
Hommes.	Femmes.	Total.			
1	1	2	Longwy........	3353	1 aliéné sur 1676 hab.
3	1	4	Ars-sur-Moselle...	5860	1 — 1465 —
2	2	4	Boulay.........	2870	1 — 717 —
28	68	96	Metz..........	54817	1 — 576 —
1	»	1	Montigny-les-Metz.	2673	1 — 2673 —
»	2	2	Bitche.........	2740	1 — 1370 —
2	2	4	Forbach........	5691	1 — 1422 —
3	1	4	Hombourg.......	2127	1 — 532 —
1	1	2	Puttelange-les-Sar.	2363	1 — 1181 —
2	1	3	Saralbe........	3383	1 — 1128 —
6	3	9	Sarreguemines....	6802	1 — 755 —
6	2	8	Saint-Avold......	2925	1 — 366 —
»	»	»	Grosbliederstroff..	2115	» — » —
2	»	2	Sturing-Wendel..	3310	1 — 1655 —
»	»	»	Sierck.........	2390	» — » —
1	»	1	Hayange........	3896	1 — 3896 —
1	»	1	Moyeuvre (Grande)	3195	1 — 3195 —
4	4	8	Thionville.......	7376	1 — 922 —
63	88	151	Total.......	117886	1 aliéné sur 781 hab.

2

VOSGES.

En 1866, le département des Vosges n'a fait transférer à Maréville que 14 aliénés indigents, tandis que de 1850 à 1865 la moyenne annuelle des admissions de cette catégorie a été de 37.

Quoique les Vosges n'aient pas de grands centres de population, le développement de la folie est néanmoins soumis dans ce département à la même loi de causalité, savoir l'influence des agglomérations urbaines, quelque restreintes qu'elles soient.

Les Vosges présentent cette particularité, que les petites villes y sont nombreuses et que la proportion des communes où des cas d'aliénation mentale se manifestent est plus considérable que dans la Meurthe et la Moselle. L'invasion de la maladie se concentre principalement dans les arrondissements d'Epinal, de Saint-Dié et de Remiremont, où le caractère de la cité se dessine mieux. Le mal est plus disséminé dans l'arrondissement de Neufchâteau et surtout dans l'arrondissement de Mirecourt, qui se trouve réparti en 142 communes pour une population de 69,330 habitants.

Les aliénés des Vosges sont à peu près également partagés sous le rapport du sexe, ce qui s'explique par l'absence de grandes villes : le sexe féminin tend cependant à prédominer.

Le rapport du nombre d'aliénés avec la population de ce département est de 1 sur 1,406 habitants.

Distribution topographique des Aliénés des Vosges.

ARRONDISSEMENTS.	Population des arrondissements.	Nombre des communes de l'arrondissement.	Nombre des communes qui ont fourni des Aliénés.	Population des communes qui ont fourni des Aliénés.	ALIÉNÉS.			RAPPORT du NOMBRE DES ALIÉNÉS à la population de l'arrondissement.
					Hommes.	Femmes.	Total.	
Epinal..........	98931	126	35	50891	37	38	75	1 aliéné sur 1319 habitants.
Mirecourt........	69550	142	24	25603	16	25	41	1 — 1598 —
Neufchâteau......	58596	132	32	21197	22	28	50	1 — 1171 —
Remiremont......	73614	39	24	55960	24	28	52	1 — 1415 —
Saint-Dié	118527	109	51	78897	47	33	80	1 — 1481 —
Totaux et moyennes.	418998	548	166	232548	146	152	298	1 aliéné sur 1406 habitants.

ALIÉNÉS originaires des villes du département des Vosges			DÉSIGNATION des VILLES.	POPULATION des villes.	RAPPORT du nombre des Aliénés à la population de ces villes.
Hommes.	Femmes.	Total			
1	»	1	Bains	2511	1 aliéné sur 2511 hab.
»	2	2	Bruyères........	2410	1 — 1250 —
6	17	23	Epinal..........	11870	1 — 516 —
4	4	8	Rambervillers....	4986	1 — 623 —
»	5	5	Hadol..........	3097	1 — 1032 —
1	»	1	Xertigny........	3903	1 — 3903 —
1	»	1	Charmes........	3090	1 — 3090 —
3	7	10	Mirecourt.......	5735	1 — 573 —
3	7	10	Neufchâteau.....	3793	1 — 379 —
»	1	1	Bellefontaine	2136	1 — 2136 —
4	3	7	Val-d'Ajol......	7561	1 — 1080 —
1	1	2	Raon-aux-Bois...	2007	1 — 1003 —
2	8	10	Remiremont.....	6074	1 — 607 —
1	1	2	La Bresse.......	3729	1 — 1864 —
2	»	2	Cornimont	4517	1 — 2258 —
»	1	1	Bussang.	2086	1 — 2086 —
1	1	2	Rupt..........	4135	1 — 2067 —
2	1	3	Saint-Maurice....	2126	1 — 708 —
»	1	1	Le Thillot.	2066	1 — 2066 —
1	1	2	Granges........	2761	1 — 1380 —
»	2	2	Anould........	2815	1 — 1407 —
»	2	2	Fraize..........	2503	1 — 1250 —
2	1	3	Gérardmer......	6225	1 — 2075 —
1	»	1	Etival	2080	1 — 2080 —
2	3	5	Raon-l'Etape	3709	1 — 741 —
4	4	8	Saint-Dié......	10472	1 — 1309 —
2	1	3	Labroque.......	2724	1 — 908 —
1	»	1	Moyenmoutier....	2784	1 — 2784 —
45	72	117	Total......	139208	1 aliéné sur 1189 hab.

HAUTE-SAONE.

En 1866 la Haute-Saône ne nous a envoyé que 19 aliénés indigents : de 1850 à 1864 la moyenne annuelle des admissions a été de 26.

Les aliénés de ce département envoyés à Maréville sont en général tous nés et domiciliés dans la même commune et, contrairement à ce qu'on voit dans la Meurthe et la Moselle, ne comprennent aucun élément étranger.

Nous avons remarqué aussi que les hommes sont en majorité parmi les aliénés qui nous arrivent de ce département. Ce fait doit être attribué à la prédominance de la population rurale sur la population urbaine.

Malgré la dissémination des habitants de la Haute-Saône en groupes peu nombreux, l'observation faite sur l'influence des agglomérations trouve même encore ici sa justification. Ainsi, sur 229 aliénés, les deux principales villes de ce département dont l'une a 6,800 et l'autre 7,600 habitants, ont donné 22 malades, 11 chacune. Les 14 communes les plus importantes après Vesoul et Gray et dont la population varie de 2,000 à 4,000 habitants, en ont fourni 31, et 134 petites communes dont la population moyenne est de 6 à 700 habitants, en ont envoyé 176.

Le rapport du nombre d'aliénés avec la population de ce département est de 1 sur 1,387.

Distribution topographique des Aliénés de la Haute-Saône.

ARRONDISSEMENTS.	Population par arrondissement.	Nombre des communes de l'arrondissement.	Nombre des communes qui ont fourni des Aliénés.	Population des communes qui ont fourni des Aliénés.	ALIÉNÉS.			RAPPORT du NOMBRE DES ALIÉNÉS à la population de l'arrondissement.
					Hommes.	Femmes.	Total.	
Gray...........	79776	165	36	33210	34	33	67	1 aliéné sur 1190 habitants.
Lure...........	135257	203	57	65284	42	37	79	1 — 1712 —
Vesoul.........	102673	215	59	41289	42	41	83	1 — 1237 —
Totaux et moyennes.	317706	583	152	139783	118	111	229	1 aliéné sur 1387 habitants.

ALIÉNÉS originaires des villes du département de la Haute-Saône.			DÉSIGNATION des VILLES.	POPULATION des villes.	RAPPORT du nombre des Aliénés à la population de ces villes.
Hommes.	Femmes.	Total.			
2	»	2	Arc-les-Gray.....	2512	1 aliéné sur 1256 hab.
1	2	3	Champlitte......	2845	1 — 948 —
5	6	11	Gray ......,...	6764	1 — 615 —
1	2	3	Gy...........	2178	1 — 726 —
2	»	2	Aillevillers......	2755	1 — 1377 —
1	1	2	Champagney	426	1 — 2130 —
2	3	5	Fougerolles.....	5636	1 — 1127 —
3	»	3	Fresse........	2678	1 — 892 —
»	1	1	Héricourt...... .	2856	1 — 2856 —
3	1	4	Lure	3747	1 — 937 —
1	1	2	Luxeuil	3959	1 — 1979 —
»	1	1	Plancher-Bas....	2206	1 — 2206 —
»	1	1	St-Loup-sur-Sem.	2800	1 — 2800 —
»	1	1	Servance.......	2386	1 — 2386 —
1	»	1	Jussey.........	2910	1 — 2910 —
7	4	11	Vesoul........	7614	1 — 692 —
29	24	53	Totaux.....	58106	1 aliéné sur 1096 hab.

ARDENNES.

Nous avons constaté en 1866, pour le département des Ardennes, comme pour les autres départements de la circonscription de Maréville, le même ralentissement dans les admissions ; cependant les agglomérations qui se forment dans cette région accusent de plus en plus le caractère industriel. Les manufactures y sont devenues plus actives, le tissage de la laine et la préparation des cuirs y occupent plus de dix mille ouvriers.

Sur 193 aliénés qui composaient le contingent de ce département à Maréville, 64 provenaient des centres de population, et les trois villes de Sedan, Charleville et Rethel en avaient donné 41.

Parmi les aliénés envoyés de Rethel, Charleville et Sedan, le nombre des femmes était supérieur à celui des hommes. Le sexe masculin, au contraire, prédominait d'une manière notable parmi les aliénés originaires des communes rurales.

Le rapport du nombre d'aliénés avec la population de ce département est de 1 sur 1,733 habitants.

Distribution topographique des Aliénés des Ardennes.

ARRONDISSEMENTS.	Population par arrondisse- ment.	Nombre des communes de l'arrondis- sément.	Nombre des communes qui ont fourni des Aliénés.	Population des communes qui ont fourni des Aliénés.	ALIÉNÉS.			RAPPORT du NOMBRE DES ALIÉNÉS à la population de l'arrondissement.
					Hommes.	Femmes.	Total.	
Mézières.........	79026	99	30	41853	33	30	63	1 aliéné sur 1206 habitants.
Rethel..........	70999	108	21	21453	24	19	43	1 — 1651 —
Rocroi..........	52416	69	14	23566	12	7	19	1 — 2758 —
Sedan..........	70026	81	21	37009	25	20	45	1 — 1556 —
Vouziers........	62123	121	19	12156	17	6	23	1 — 2701 —
Totaux et moyennes.	354590	478	105	135857	111	82	193	1 aliéné sur 1755 habitants.

ALIÉNÉS originaires des villes du département des Ardennes.			DÉSIGNATION des VILLES.	POPULATION des villes.	RAPPORT du nombre des Aliénés à la population de ces villes.
Hommes.	Femmes.	Total.			
1	»	1	Bazeilles	2048	1 aliéné sur 2048 hab.
7	5	12	Charleville......	10767	1 — 897 —
1	»	1	Fumay.........	4099	1 — 4099 —
»	1	1	Gespunsart......	2104	1 — 2104 —
1	»	1	Givet.........	4868	1 — 4868 —
2	2	4	Mézières	4745	1 — 1186 —
1	»	1	Monthermé	2550	1 — 2550 —
2	2	4	Mouzon........	2243	1 — 560 —
6	7	13	Rethel........	7172	1 — 551 —
2	1	3	Revin.........	3208	1 — 1069 —
1	»	1	Rocroi........	2519	1 — 2519 —
8	8	16	Sedan	13795	1 — 862 —
1	»	1	Signy-l'Abbaye ..	2962	1 — 2962 —
1	»	1	Signy-le-Petit....	2138	1 — 2138 —
3	»	3	Vouziers.......	2995	1 — 998 —
1	»	1	Vrigne-aux-Bois .	2205	1 — 2205 —
38	26	64	Totaux......	70416	1 aliéné sur 1100 hab.

En 1867 et en 1868, les aliénés indigents à la charge des départements de la Moselle et de la Haute-Saône ont présenté une diminution continue.

L'effectif journalier moyen de la Moselle qui, en 1866, était de 332, a été réduit à 296 en 1868.

L'effectif journalier moyen de la Haute-Saône qui en 1866 était de 202, a été ramené à 190 en 1868.

L'effectif journalier moyen des Vosges est resté à peu près stationnaire depuis 3 ans.

(Voir le tableau ci-contre.)

	MOSELLE.				VOSGES.				HAUTE-SAONE.			
	ANNÉE 1867.		ANNÉE 1868.		ANNÉE 1867.		ANNÉE 1868.		ANNÉE 1867.		ANNÉE 1868.	
	hommes.	femmes.	hommes.	femmes.	hommes.	femmes.	hommes.	femmes.	hommes.	femmes.	hommes.	femmes.
Existant au 1er janvier.........	134	177	127	178	113	124	117	130	103	93	100	93
Admis dans l'année............	8	9	18	14	16	10	21	6	13	7	10	8
Total des existants et admis....	142	186	145	192	129	134	138	136	116	100	110	101
Décédés....................	10	4	9	11	12	3	8	12	16	7	9	6
Sortis par guérison............	1	1	1	4	1	2	3	2	»	»	2	4
— par autres causes........	4	8	16	8	2	1	5	3	3	»	5	»
Total des décédés et sortis.....	15	13	26	23	15	6	16	17	19	7	16	10
Restant au 51 décembre.......	127	173	119	169	114	128	122	119	97	93	94	91
Population moyenne pendant l'année	152	179	124	172	113	127	119	126	99	93	96	94
Total de la population moyenne.	311		296		240		245		192		190	

Le département de la Meurthe seul a vu son effectif s'accroître par suite de circonstances particulières tout à fait indépendantes d'une recrudescence réelle de la maladie.

L'encombrement des asiles a été le résultat de causes très-complexes, et on commettrait une grave erreur en l'attribuant uniquement aux excitations que l'état social actuel a développé sous toutes les formes.

Certes, on ne peut appliquer à aucune autre époque mieux qu'à la nôtre, cette grande et poétique image d'Horace :

> Audax omnia perpeti
> Gens humana ruit per vetitum nefas;
> Audax Iapeti genus,
> Ignem fraude mala gentibus intulit :
> . . . .
> Nil mortalibus arduum est.

Une activité inquiète et dévorante dans toutes les classes de la société, l'audace des entreprises, un désir incessant d'agrandissement et de progrès par l'industrie, la science et les arts ont évidemment rendu les affections cérébrales beaucoup plus communes qu'autrefois, mais les cas de folie proprement dite ne se sont pas multipliés d'une manière aussi alarmante qu'on l'a cru, surtout si l'on considère que l'on admet dans les asiles beaucoup d'individus atteints du délire spécial produit par l'usage immodéré des boissons fermentées.

Les principales causes de l'encombrement des asiles sont les suivantes :

Pendant les premières années qui suivirent la promulgation de la loi du 30 juin 1838, le second paragraphe de l'article 25 concernant les aliénés *inoffensifs* resta sans application, dans un grand nombre de départements. Le ministre de l'intérieur appela sur ce point l'attention des conseils généraux, mais en signalant toutes les obligations de la loi nouvelle, il détermina les limites de l'assistance.

« Il ne faut pas, disait la circulaire, ouvrir indis-
» tinctement les asiles à quiconque y serait présenté
» comme aliéné. Une telle facilité donnerait lieu
» aux plus graves abus et elle compromettrait les
» finances des départements. Les communes, pour
» se débarrasser du fardeau de leurs pauvres, les
» familles, pour se soustraire à leurs charges domes-
» tiques, ne manqueraient pas d'imposer au dépar-
» tement, comme atteints d'aliénation mentale, tous
» les indigents incapables de subvenir à leur exis-
» tence et chez lesquels le moindre défaut d'intelli-
» gence pourrait servir de prétexte. »

Suivant la lettre et l'esprit de la loi, le gouvernement avait voulu que la sollicitude publique s'éten-
dît aux aliénés indigents *inoffensifs* dont la raison n'était pas irrévocablement détruite et qui étaient susceptibles de profiter du bienfait d'un traitement immédiat et complet. Et en effet chez un grand nombre de ces aliénés la maladie soignée dès le

début cède à l'influence d'une bonne direction, tandis que plus tard elle devient incurable, et que tel aliéné qu'un traitement rationnel et méthodique aurait guéri, ou au moins notablement amélioré, tombe à jamais dans un état de démence ou de fureur si ce traitement ne lui est pas appliqué en temps opportun et reste ainsi toute sa vie à la charge de l'assistance publique.

Les instructions ministérielles ainsi comprises et appliquées se trouvaient en parfait accord avec les vœux de l'humanité et les principes d'une économie éclairée. Elles prescrivaient en outre d'adresser à des intervalles assez rapprochés des rapports médicaux sur la situation de cette catégorie de malades ; et d'après les renseignements adressés à MM. les Préfets, ces magistrats devaient ordonner la remise à leurs familles de ceux qui n'auraient plus eu un titre suffisant à la participation des secours, lorsque ayant été soumis à des soins convenables pendant un certain laps de temps, et n'offrant plus aucun espoir de rétablissement la place qu'ils occupaient pouvait être donnée plus utilement à d'autres aliénés inoffensifs présentant plus de chances de guérison.

Malheureusement dans la pratique on ne trouve pas souvent des familles disposées à reprendre leurs parents une fois placés dans les asiles, et surtout en position d'exercer ou de faire exercer sur eux la surveillance nécessaire.

Cette dernière considération empêcha souvent les

médecins de prendre la responsabilité d'une sortie qui pouvait devenir la cause des plus déplorables accidents. On trouve en effet à chaque instant dans les journaux le récit de graves malheurs occasionnés par des insensés que l'on croyait pouvoir laisser en liberté sans aucun danger.

Les instructions prescrivirent encore de ne pas borner exclusivement l'assistance aux aliénés inoffensifs qui présentaient des probabilités de guérison, mais de l'étendre aussi aux épileptiques, aux idiots et aux crétins dont la position malheureuse appelait des secours publics. C'était donner l'interprétation la plus large à la loi, et mettre l'application du principe de bienfaisance qui s'y trouvait contenu en harmonie avec une civilisation avancée qui ne permettait plus de laisser errer sur la voie publique des infortunés frappés de dégénérescence physique et morale, ou atteints d'affections convulsives dont le spectacle pouvait exercer sur une partie de la population les plus funestes impressions. A l'exécution de ces excellentes mesures vinrent se mêler quelques abus, et nous avons vu quelquefois des administrations hospitalières demander et obtenir le placement dans nos asiles de pauvres vieillards en état de démence sénile, de sourds-muets indociles, ou d'enfants incommodes qui auraient dû rester à leur charge.

Aujourd'hui, une réaction se manifeste contre cette tendance. Dans toutes les assemblées départementales, la réduction de la dépense du service des aliénés est à l'ordre du jour. Pour arriver à ce résultat, différents moyens ont été proposés, et même déjà mis à l'essai dans quelques départements. Mais ces tentatives ne seront pas exemptes d'inconvénients sérieux et un avenir prochain en démontrera la complète inefficacité.

Ne serait-il pas plus rationnel de chercher l'atténuation des dépenses départementales dans la révision du tarif du concours des communes. Ce tarif, qui a bientôt trente ans de date, et qui n'a jamais varié depuis, quoique la situation financière des communes soit susceptible de varier à l'infini, classe les communes en plusieurs catégories. Celles qui ont cent mille francs de revenus et au-dessus supportent un tiers de la dépense de leurs aliénés indigents ; celles qui ont cinquante mille francs et au-dessus acquittent un quart ; celles qui ont vingt mille francs et au-dessus, un cinquième ; celles qui ont cinq mille francs et au-dessus, un sixième ; les communes au-dessous de cinq mille francs ne paient qu'un septième, et celles dont les revenus n'atteignent pas mille francs sont ordinairement dispensées de tout concours. Une nouvelle classification mettrait ce tarif mieux en rapport avec le principe sur lequel il est fondé, établirait une plus juste répartition, et créerait des ressources qui permettraient d'appliquer la loi de la manière la plus large, sans la rendre aussi onéreuse pour les départements. Le tarif maintenant en vigueur donne

lieu à ce fait anormal qu'une petite ville comme
Lunéville, par exemple, dont le budget dépasse cent
mille francs est imposée pour la dépense d'un aliéné
au même taux que Marseille, dont le budget atteint
dix à douze millions. Ne serait-il pas équitable d'ouvrir une catégorie pour les communes qui ont deux
ou trois cent mille francs de revenus et au-dessus?
N'y a-t-il pas une contradiction flagrante par rapport à la base sur laquelle le tarif repose, à exiger le
même concours de deux communes dont l'une a
quatre-vingt-quinze mille francs de revenus et la
seconde cinquante-deux mille francs, et ainsi de
suite pour les autres classifications, entre cinquante
mille et vingt mille, entre vingt mille et cinq mille
francs de revenus. Ce tarif parfaitement établi autrefois, et qui a puissamment contribué au succès de
la loi en donnant à la dépense des aliénés un caractère départemental, réclame aujourd'hui une réforme d'autant plus praticable que les finances de
nos communes sont en général bonnes (1). Ainsi,
dans le département de la Meurthe, sur 714 communes, 209 seulement ont eu des aliénés à leur
charge en 1868, et le revenu total de ces 209 communes que j'ai relevé sur des documents authenti-

(1) On lit dans un rapport présenté par M. le Préfet de la Meurthe
au Conseil général, en 1854 :

« J'ai cherché à me rendre compte de la situation financière des com-
» munes, et j'ai pensé qu'il n'était pas sans intérêt pour vous, de con-

ques, s'est élevé pour la même année à 2,643,999 fr.
60 c. Or, ces communes n'ont été imposées que
pour 30,326 fr. 87 c., tandis que la contribution du
département a été portée à 76,621 fr. 63 c.

L'accroissement considérable des charges du budget départemental a été aussi le résultat de l'impossibilité où se trouvent les familles des aliénés,
d'acquitter longtemps la fraction de pension que
l'administration, d'après la loi, peut mettre à leur
compte. En effet, presque tous les aliénés placés
dans les asiles en vertu d'arrêtés préfectoraux
n'ont qu'un revenu très-modique ou vivent du
produit de leur travail ; la séquestration tarit im-
médiatement leurs ressources, et comme l'âge
moyen des aliénés varie entre 40 à 50 ans,
leurs ascendants ou leurs descendants, s'ils en ont,
sont ou trop vieux ou trop jeunes pour pouvoir par-
ticiper aux frais de traitement.

L'assistance à donner aux aliénés indigents, est
une obligation essentiellement communale, et c'est
en s'appuyant sur ce principe qu'on trouverait la pos-

» naître l'ensemble de ce service pour les 714 communes du départe-
» ment.

» Leurs recettes tant ordinaires qu'extraordinaires se sont élevées,
» pour l'exercice 1853, à la somme de............. 6,190,441 fr.
» Et leurs dépenses de toute nature à la somme de.. 4,426,084

» Ce qui fait ressortir un excédant de recettes de... 1,764,357 fr.
» qui est représenté à quelque chose près par les placements effectués
» à la Caisse de service du Trésor. »

(*Procès-verbaux des séances du Conseil général de la Meurthe.*)

sibilité de dégrever le budget départemental sans recourir à des expédients aventureux. Le tarif actuel du concours des communes est basé sur leurs revenus. Cette base exige un examen sérieux, car s'il est vrai qu'un grand nombre de communes n'ont que des revenus très-restreints, les unes possèdent un sol fécond, d'autres des richesses industrielles, presque toutes une aisance générale, et l'assistance due aux aliénés indigents est tout aussi obligatoire pour les habitants des communes rurales que pour les habitants des villes qui ont 100,000 francs de revenu. On pourrait, au surplus, inscrire au budget départemental une somme qui, dans des formes déterminées par le Conseil général, serait consacrée à venir en aide aux communes dont les habitants seraient réellement dans l'impossibilité de supporter la totalité ou même une partie de la dépense. Les devoirs d'assistance et d'humanité seraient ainsi conciliés avec l'intérêt des finances départementales.

En résumé, l'encombrement des asiles ne provient pas d'une recrudescence de la folie ; cet encombrement est stationnaire depuis plusieurs années, et n'est plus qu'une question d'assistance publique.

L'aliénation mentale, quels que soient son type et sa forme, n'est pas une infirmité à laquelle on puisse donner les soins nécessaires au milieu d'une famille le plus souvent incapable d'exercer une surveillance efficace, ou chez un paysan acceptant cette tutelle par l'appât d'une rémunération qui lui vient en aide pour subvenir à ses propres charges domestiques.

En principe, tout aliéné est *dangereux*, et, dans un intérêt de sûreté générale, doit être incessamment surveillé et intelligemment gouverné. Un idiot dont le caractère est habituellement doux et paisible, peut d'un moment à l'autre, étant libre, et par le fait d'une impulsion accidentelle et imprévue, commettre un meurtre ou occasionner un incendie.

La considération essentielle est de n'admettre dans les asiles, après des formalités entourées de toutes les garanties désirables, que les personnes qui n'ont jamais eu leur raison ou qui l'ont réellement perdue.

La famille, toutes les fois que cela est possible, puis subsidiairement la commune, et enfin le département doivent d'après la loi concourir à la dépense des frais d'entretien. La loi n'a fixé aucune proportion pour cette répartition, mais quoique la loi ne le stipule pas d'une manière positive, il est naturel de faire pencher la balance du côté du département sans la faire verser cependant, ainsi que cela est arrivé ; ce qui a forcé les Conseils généraux à rechercher les moyens d'atténuer la dépense, tantôt en réduisant le prix de journée de traitement dans les asiles, au risque d'y rendre impossibles les améliorations matérielles les plus indispensables, tantôt en rendant certains aliénés à leurs familles, que ce retour exposait à une véritable détresse, tantôt en plaçant ces malheureux dans des dépôts de mendicité où les frais de séjour sont en général beaucoup moins élevés , mais d'où il fallait bientôt les retirer parce qu'ils y apportaient le trouble, tantôt enfin, en les confiant, à prix réduit , à des cultivateurs, sans tenir compte des dangers de toute nature qu'il est facile de prévoir.

Un nouveau règlement déterminant l'intervention des pouvoirs publics dans la répartition de la dépense, donnerait une juste satisfaction aux intérêts départementaux, tout en sauvegardant ce qui se rattache dans cette grave question à la sécurité des familles et à l'intérêt social.

On pourrait d'abord faire délibérer le Conseil municipal sur la quotité du concours à imposer aux personnes qui, conformément aux règles du droit civil, doivent des aliments à l'aliéné, et sur les modifications que pourraient nécessiter, dans ce concours, les changements survenus dans la position de fortune de la famille. C'est seulement au sein de la commune que cette recherche peut être exercée de manière à obvier à tous les abus.

Après ce premier examen, le Conseil général pourrait être appelé à fixer le concours des communes en modifiant le tarif actuel, car d'après cette base un grand nombre de communes n'ont pas un intérêt suffisant dans la dépense des aliénés, et le budget départemental est exposé à être grevé de l'entretien d'indigents que les municipalités font recevoir comme aliénés, et de véritables aliénés qu'elles déclarent souvent trop facilement indigents, dégagées qu'elles sont d'une part sérieuse dans la dépense et même quelquefois de toute dépense. Le concours des communes devrait donc être fixé d'après un nouveau tarif dans des états de répartition ne comprenant que les communes qui ont des aliénés. Des décisions individuelles seraient alors prises par l'Assemblée départementale en parfaite connaissance de la situation de chaque commune intéressée et suivant le nombre d'aliénés qu'elle aurait à sa charge. Ce travail conforme à la stricte équité, ne serait ni difficile, ni long, car les documents statistiques apprennent que dans chaque département le nombre des communes qui ont des aliénés est toujours assez restreint.

En donnant au mot *concours* le sens d'une subvention en rapport avec l'aisance générale des habitants, le budget départemental pourrait être notablement allégé, tout en évitant que la charge des communes, charge qui pèse souvent sur elles pendant de longues années, devînt trop lourde dans quelques localités, en s'y accumulant par l'effet du hasard ou par l'effet de causes spéciales.

La dépense résultant de l'assistance due aux aliénés se trouvant ainsi mieux répartie ne serait plus désormais l'objet d'aussi vives réclamations au sein des Conseils généraux, et on ne s'exposerait pas à arrêter dans son perfectionnement progressif

un service dont l'organisation , plus impartiale-
ment appréciée au dehors que chez nous, a été
prise pour modèle par la plupart des gouvernements
de l'Europe.

Nancy — Imprimerie vᵉ Raybois, rue du faubourg Stanislas, 5.

www.ingramcontent.com/pod-product-compliance
Lightning Source LLC
Chambersburg PA
CBHW060845180626
46818CB00004B/1601